Le fantôme du miroir

Biographie

R. L. Stine est né en 1943 à Colombus aux États-Unis. À ses débuts, il écrit des livres interactifs et des livres d'humour. Puis il devient l'auteur préféré des adolescents avec ses livres à suspense. Il reçoit plus de 400 lettres par semaine ! Il faut dire que, pour les distraire, il n'hésite pas à écrire des histoires plus fantastiques les unes que les autres. R. L. Stine habite New York avec son épouse Jane et leur fils Matt.

R. L. Stine

Chair de poule®

Le fantôme du miroir

Traduit de l'américain
par Yannick Surcouf

Cinquième édition

bayard jeunesse

Titre original
GOOSEBUMPS SERIES 2000 n° 25
Ghost in the Mirror

Loi n° 49 956 du 16 juillet 1949
sur les publications destinées à la jeunesse
Dépôt légal décembre 2010

ISBN : 978-2-7470-3455-5

Avertissement

Que tu aimes déjà les livres ou que tu les découvres, si tu as envie d'avoir peur, **Chair de poule** est pour toi.

Attention, lecteur !

Tu vas pénétrer dans un monde étrange
où le mystère et l'angoisse te donnent rendez-vous
pour te faire frissonner de peur... et de plaisir !

1

– J'ai gagné !

Ce cri assourdissant me fit bondir, et mon cœur se mit à battre la chamade.

Je me tournai vivement. C'était Claudia, ma sœur. Elle était hilare. Ses grands yeux noirs pétillaient de malice derrière ses lunettes à monture rouge. Elle riait, et l'acier de son appareil dentaire brillait à la lumière.

– Lâche-moi, Claudia ! maugréai-je. Et arrête de m'embêter. C'est pas drôle !

– Ça c'est vrai ! répondit-elle. Ce n'est plus marrant : tu as peur de tout, Jason !

Je m'appelle Jason Slove et je suis une poule mouillée.

Enfin... Ce n'est pas tout à fait vrai. Vous aussi, vous passeriez votre temps à sursauter et à crier de terreur si vous aviez une grande sœur qui jaillit des placards en hurlant, qui glisse des glaçons dans votre nuque et fait tout son possible pour vous effrayer.

Il y a deux ans — j'avais alors dix ans et ma sœur douze —, elle découvrit un rat mort dans le grenier. Elle ne trouva rien de plus intelligent à faire que de l'accrocher à du fil à pêche et le glisser sous mon lit. Ensuite, elle vint m'avertir qu'il y avait un rat dans ma chambre. À l'instant où je regardais sous le lit, elle tira sur le fil et le fit bondir vers moi. Je poussai un hurlement.

Je hurle beaucoup, je vous l'accorde. Peut-être plus qu'un garçon normal. Mais ma sœur est folle.

Fred, mon meilleur copain, est totalement d'accord avec moi. Dès qu'elle le croise, Claudia montre les dents et fait semblant de mordre.

Elle est dingue, je ne vois pas d'autre explication. Complètement folle.

À présent, elle se tenait dans l'entrée, les poings sur les hanches, souriant de tout son appareil dentaire.

– J'ai gagné, Jason ! répéta-t-elle. J'étais sûre que tu le ferais.

– Que je ferais quoi ? grognai-je.

Claudia passe son temps à lancer des paris stupides. À la longue, on s'y perd.

– Hier, j'ai parié que tu ne pouvais pas passer devant un miroir sans te regarder, dit-elle en désignant la glace sur le mur. J'ai gagné !

– Je vérifiais mes cheveux, plaidai-je.

J'ai d'épais cheveux noirs, comme Claudia, mais avec des épis, et ils sont toujours décoiffés.

– Tu t'admirais dans la glace, railla-t-elle avec un sourire narquois. Tu te crois irrésistible ?

– C'est faux ! protestai-je.

Au contraire, je déteste mes cheveux hirsutes et ma bouille ronde de bébé.

Claudia se pencha et prit Buzzy, notre chien, dans ses bras. Il est tout petit et couvert de longs poils. Je me demande toujours comment il fait pour voir.

– Tu ne peux pas passer devant un miroir sans te regarder, insista Claudia.

– Lâche-moi, lançai-je.

Je pivotai sur mes talons et montai dans ma chambre. Je comptais appeler mon copain Fred pour l'inviter à passer jouer à des jeux vidéo. Mais Claudia n'en avait pas encore fini avec moi. Elle me suivit jusque dans ma chambre.

– Va-t'en ! criai-je en tentant de refermer la porte.

Mais elle parvint à entrer quand même.

– Tu as une chambre de bébé, ricana-t-elle.

– Laisse-moi tranquille, Claudia, soupirai-je.

C'est vrai que j'ai une chambre de bébé. Je n'y peux rien. J'ai beau couvrir mes murs de superbes posters de catch, ils ne cachent pas mon armoire bleu pâle et mon petit lit.

– Tu devrais dormir dans ton berceau, lança-t-elle en éclatant d'un rire démentiel.

– Claudia ! Veux-tu arrêter d'embêter ton frère !

Ma mère se tenait sur le seuil de ma chambre. Elle regardait ma sœur en fronçant les sourcils.

Claudia haussa les épaules :

– Ce n'est qu'un gros bébé !

– Tu sais très bien pourquoi ton frère a encore ces meubles, dit ma mère. Tant que papa est au chômage, nous ne pouvons pas lui acheter une nouvelle chambre.

Claudia baissa les yeux et fit semblant d'être désolée.

– Je sais, murmura-t-elle.

– Alors, essaie d'être un peu plus gentille avec lui, soupira ma mère.

– D'accord, maman. C'est promis.

Ma mère repartit dans le couloir. Claudia lui emboîta le pas, mais se retourna vivement avant de sortir.

– Attention ! lança-t-elle en désignant la fenêtre. Il y a un gros frelon dans ta chambre !

– Où ça ? hurlai-je en sursautant.

Deux semaines plus tard, je jouais au foot avec Fred sur la pelouse devant la maison. En fait, je shootais dans la balle, et il essayait de la rattraper.

Fred n'est pas très doué en gym. Il est grand et maigre. Tout le monde lui demande pourquoi il ne joue pas au basket. Mais Fred est incapable de dribbler et de courir en même temps. Il s'emmêle déjà les pieds quand il marche.

Fred est blond, et il a de grands yeux bleus. Il porte les cheveux courts et sourit tout le temps. Il est malin et très drôle. Mais, il ne sera jamais un athlète.

C'était un vendredi soir, après l'école. Le vent était frais et nous glissions sur les feuilles mortes.

Je fis une longue passe vers Fred. Il lança sa jambe sur le côté pour la rattraper… Il dérapa et tomba sur le dos. La balle partit dans la rue.

Je faillis crier : « Tu n'es qu'un gros nul ! On ne peut pas rater une passe pareille ! » Mais comme il est mon ami, je serrai les dents et je dis :

– Bien tenté !

En me retournant vers la maison, j'aperçus mon père qui se tenait sur le seuil. Il me fit signe de venir. Ma mère était derrière lui.

– Jason, viens voir, me dit-il. J'ai une surprise pour toi !

Et ce fut le début de mes ennuis.

2

Fred repartit chez lui, et je rejoignis mes parents. Ils avaient le sourire aux lèvres et semblaient ravis.

– Que se passe-t-il ? demandai-je.

– Suis-nous, dit ma mère.

Ils montèrent avec moi dans ma chambre et s'effacèrent pour me laisser entrer.

– Ouah ! m'exclamai-je.

– Comme tu vois, j'ai fait quelques modifications, annonça fièrement mon père en me prenant par l'épaule.

– Ouah, répétai-je.

Mon petit meuble de bébé avait disparu. À sa place se trouvait à présent une armoire ancienne. À côté, il y avait un grand miroir, qui allait presque jusqu'au plafond.

– L'armoire est un peu bancale, dit mon père. Mais je vais la réparer et la décaper entièrement. Après, elle sera comme neuve.

– Nous l'avons dénichée dans une salle des ventes, ajouta ma mère. Elle est assez grande pour contenir toutes tes affaires. Tu n'auras plus à empiler ton linge par terre. Le tiroir du bas est bloqué, mais, avec un coup de rabot, ça va s'arranger.

– C'est génial ! soufflai-je.

Ce qui m'intéressait le plus, c'était ce grand miroir. Je m'en approchai et observai mon reflet.

– Il est si clair, murmurai-je.

La surface du miroir était parfaite, sans la moindre piqûre. Le cadre en bois sombre était orné de motifs compliqués.

L'image qu'il renvoyait était incroyablement brillante. Vue là-dedans, la pièce semblait beaucoup plus lumineuse.

Je la contemplai un long moment, fasciné. Soudain, un frisson glacé me parcourut. Il se passait une chose bizarre. Je n'arrivais plus à détacher mon regard du miroir.

C'était comme si une force inconnue me retenait, m'obligeant à regarder.

J'avais l'étrange sentiment que le miroir cherchait à m'attirer à lui.

3

Fred passa me voir ce soir-là, et je lui montrai ma nouvelle chambre.

Mon copain ne parut pas très impressionné.

– C'est bien que tu te sois débarrassé de tes meubles de bébé, dit-il. Mais cette armoire est plutôt en mauvais état.

– C'est vrai ! Le tiroir du bas est bloqué. Mais mon père va la réparer et la repeindre.

Tout en parlant, je ne pouvais pas m'empêcher de regarder dans mon nouveau miroir. Je me souris :

– Il est sympa, tu ne trouves pas ? J'aime bien la manière dont mes posters s'y reflètent. On dirait que ma chambre est deux fois plus grande.

– Tu as regardé le catch sur le câble, hier soir ? me demanda Fred.

– Bien sûr ! C'était le délire quand tous dans la salle ont commencé à se battre !

– Et tu as vu les deux nabots qui cherchaient à prendre part au combat ? Personne ne s'occupait d'eux !

Fred se mit à rire, et ses épaules maigres se soulevèrent en cadence.

Nous allâmes nous installer devant la vieille télé à laquelle j'avais connecté ma console de jeux. Je décidai de tourner le dos au miroir pour ne pas être distrait par lui en cours de partie.

Je lançai un jeu de basket avec les équipes de la NBA. Le problème, c'est que Fred est aussi nul en sport vidéo que sur le terrain. J'aime bien jouer avec lui, mais il n'y a jamais d'affrontement. Je gagne toujours d'au moins trente points.

Le jeu était très rapide, comme une vraie partie de basket. On pouvait déplacer les joueurs, les faire tirer en extension, aller au rebond ou jouer en défense. Je tenais ma manette à deux mains et mes pouces couraient sur les boutons de contrôle.

– Tire ! Tire ! criai-je à Fred.

Il appuya sur le bouton, et la balle s'envola pardessus le panier pour atterrir dans la foule.

– Raté ! grogna Fred. Comme dans la vie.

– Retourne en défense, lui conseillai-je. De l'autre côté !

J'essaie toujours de l'aider pour qu'il joue mieux et que la partie soit plus serrée.

J'interceptai une passe et envoyai mon joueur marquer tout seul. La foule exulta, et le score changea sur le panneau.

– C'était ton ballon, Fred, commentai-je.

Il ne m'écoutait pas et regardait fixement pardessus mon épaule.

– Qu'est-ce qui se passe ? demandai-je.

– Rien, dit-il en baissant de nouveau les yeux sur l'écran.

Il reprit la partie, mais je remarquai qu'il jetait des regards en coin vers le miroir. Finalement, j'appuyai sur « pause ». Le jeu était terminé, et le score était sans commentaire. Soixante à vingt-quatre. Devinez pour qui...

Je reposai ma manette. Fred était absorbé dans la contemplation du miroir.

– Qu'est-ce que tu as ? lui demandai-je.

– Le miroir, murmura-t-il.

– Quoi, le miroir ?

– J'ai vu quelqu'un bouger dedans.

Je fronçai les sourcils :

– Tu veux dire un de nous ?

Fred secoua la tête, l'air préoccupé.

– Non... C'était autre chose. Bizarre...

Je me tournai et aperçus mon reflet. À mes côtés, je voyais Fred, pâle et l'air effrayé.

– Tu es fou, dis-je. Il n'y a que nous ici. Qui voudrais-tu qui bouge là-dedans ?

Fred finit par hausser les épaules :

– Je n'en sais rien !

Sa mère téléphona bientôt pour qu'il rentre. Je l'accompagnai jusqu'à la porte d'entrée, puis je fis un détour par la cuisine pour chercher des cookies et un soda, et remontai dans ma chambre.

Je comptais jouer encore, mais contre la machine, cette fois. Elle était bien meilleure que Fred, et, là, mes chances de gagner étaient minces.

Je posai les gâteaux et la canette à côté de moi. C'est alors que je repérai une feuille de papier par terre, juste devant le miroir. Je me penchai pour la prendre.

La feuille paraissait très vieille. Jaunie par le temps, elle craquait sous mes doigts.

Je la dépliai avec précaution et découvris un message tracé à la plume, à l'encre noire. L'écriture était soignée, faite de pleins et de déliés. Je le rapprochai de mes yeux et le déchiffrai à haute voix :

PRENDS GARDE !
SI TU L'APPORTES DANS TA MAISON,
C'EST LA MORT QUE TU LAISSES ENTRER.

4

Je me frottai les yeux avant de relire le message…

Je regardai vers le miroir et mon reflet me contempla, l’air interdit.

Comment ce message était-il arrivé là ? Était-il tombé du miroir ? Ça n’avait aucun sens !

Soudain, je sus d’où il venait. La colère me fit exploser.

– Claudia ! hurlai-je. Je sais que c’est toi !

J’entendis des pas dans le couloir et ma sœur passa la tête dans ma chambre.

– Tu m’as appelée, Jason ? demanda-t-elle avec de grands yeux innocents.

– Ha, ha ! Très amusant ! m’exclamai-je en secouant le papier devant elle.

– Qu’est-ce qui est amusant ?

– Ce truc que tu as écrit pour m’effrayer.

Elle baissa le regard vers le papier et secoua la tête :

– Désolée ! Ce n’est pas à moi.

Je roulai des yeux, exaspéré :
– C'est ça ! Il est tombé du miroir !
– Qu'est-ce que ça raconte ?
Elle m'arracha le papier des mains et le parcourut rapidement. Sa mâchoire tomba d'un coup.
Claudia releva la tête vers moi ; ses yeux étaient agrandis par la peur.
– Jason, chuchota-t-elle d'une voix blanche. Ce miroir… Il est hanté !
– Arrête ! protestai-je. Ça ne marche pas !
Je l'observai un instant :
– Tu plaisantes, n'est-ce pas ?
– Non, murmura-t-elle.
Elle se tourna brusquement et désigna le miroir.
– Là ! s'écria-t-elle. Il est là ! Le fantôme !

5

Un cri d'effroi s'étrangla dans ma gorge.

Me tournant vivement vers le miroir, je balayai la canette de soda, qui se déversa sur le sol. Je plongeai pour la relever. Claudia explosa d'un rire sonore et quitta ma chambre.

– Trop facile ! s'exclama-t-elle.

– Ça n'a rien de drôle ! m'écriai-je rageusement.

Je te rappelle que tu devais me laisser tranquille !

Elle ne répondit pas. Quelques secondes plus tard, j'entendis la porte de sa chambre claquer derrière elle.

Je bus une gorgée de soda tout en m'observant dans le miroir. Il n'y avait rien d'inhabituel. Mon reflet apparaissait aussi clair que dans la réalité.

Je lus de nouveau le message. Était-il de Claudia ?

Je commençais à en douter. Elle était tout à fait capable de ce genre de blague, mais l'écriture ne ressemblait pas à la sienne.

Et puis, Claudia était toujours très fière de ses blagues.

Elle les revendiquait haut et fort.

Alors, d'où venait-il ?

Je repliai la feuille avec soin et descendis dans le salon. Mon père était à genoux sur le tapis et réparait une prise électrique.

– Papa, regarde ça, dis-je en lui tendant le papier.

Papa parcourut rapidement le texte et bondit sur ses pieds. Plaçant sa main en porte-voix, il hurla vers l'escalier :

– Claudia ! Descends immédiatement !

– Bien entendu, Claudia a nié l'avoir écrit, dis-je à Fred le lendemain. Et, le pire, c'est que je crois qu'elle disait la vérité !

Je poussai la balle vers lui d'un coup de pied. Il tenta de la renvoyer et s'affala par terre. L'après-midi était fraîche et l'air chargé d'humidité. Nous jouions sur la pelouse en face de chez moi. Je suis inscrit au foot à l'école. Je ne suis pas dans la première équipe, mais c'est quand même mon sport préféré. J'aimerais que Fred s'inscrive aussi. Il ne serait pas le seul joueur totalement nul. Je sais, ce n'est pas un argument valable pour le décider.

– La note était peut-être accrochée au dos du miroir, et elle s'est détachée, suggéra Fred.

Il shoota de toutes ses forces dans la balle, et elle atterrit sur le seuil de la maison.

– D'accord, mais qui aurait écrit un truc pareil ? demandai-je en allant chercher le ballon.

– Ce doit être une blague.

Je récupérai la balle. Je m'apprêtais à taper dedans quand un bruit bizarre retint mon attention. C'étaient des aboiements furieux venant de chez moi. Buzzy !

– Il y a un problème, lançai-je. Buzzy n'aboie jamais.

Je renvoyai la balle et, pour une fois, Fred parvint à l'arrêter.

– Il n'y a personne à la maison. Je vais voir ce qui se passe.

Je contournai la maison et ouvris la porte de la cuisine.

– Buzzy ? Buzzy ! appelai-je.

Les aboiements venaient de l'étage. Je montai l'escalier quatre à quatre. Buzzy était planté devant mon nouveau miroir et reniflait le sol. Puis il recula et se remit à aboyer furieusement, le poil hérissé.

– Buzzy ! Arrête ! ordonnai-je en pénétrant dans la pièce.

Mais il se jeta sur le miroir sans cesser de faire un raffut d'enfer.

– Qu'est-ce qui se passe ? m'inquiétai-je. Tu as vu quelque chose ?

Je me penchai pour le caresser, mais il n'arrêta pas son concert.

– Allons, sors d'ici, dis-je doucement en le prenant dans mes bras.

Je m'efforçai de le calmer. Qu'est-ce qui avait pu le perturber à ce point ? Aboyait-il seulement contre son reflet ou avait-il aperçu quelque chose d'autre ? Fred avait bien prétendu y avoir vu quelqu'un !

Buzzy l'avait-il vu, lui aussi ?

6

Le soir même, je parlai à mes parents de l'étrange comportement de Buzzy. Cela les fit rire. Tout ce que fait Buzzy les amuse.

Ils étaient d'excellente humeur. Mon père avait enfin trouvé le travail qu'il cherchait depuis des mois.

– Ma nouvelle boîte n'est qu'à vingt minutes de voiture d'ici, annonça-t-il. Cela veut dire que nous n'aurons pas à déménager.

Claudia en fut ravie. Elle a de nombreuses amies au collège, et elle n'aurait voulu quitter le quartier pour rien au monde.

J'étais bien content pour mon père, mais l'histoire de Buzzy continuait à me préoccuper.

– Vous ne trouvez pas bizarre qu'il se soit mis à aboyer comme ça ? demandai-je.

– Les chiens le font souvent, répondit ma mère en nous passant le plat de poulet. Ils ne comprennent pas le principe du miroir, et ils croient qu'il y a un autre chien derrière.

– C’est parce qu’ils sont stupides, ajouta Claudia. J’ai lu dans un magazine que le QI d’un chien ne dépassait pas 10.

Je me servis quelques pommes de terre.

– Non, non, il avait vraiment un comportement inhabituel, insistai-je. Il avait le poil hérissé, comme s’il avait peur. Je suis sûr qu’il a vu quelque chose dans le miroir, et…

– Tu ne vas pas nous reparler de ce message, Jason ! m’interrompit ma mère. Je t’ai dit que c’était une mauvaise blague.

– Hé ! Je n’y suis pour rien, moi ! protesta ma sœur.

Elle se pencha pour reprendre du poulet :

– Tiens, j’ai écrit une histoire à propos de ton miroir, m’apprit-elle en passant.

– Quoi ?

– En classe de français. On devait écrire une nouvelle à propos d’un objet. J’en ai donc inventé une avec ton miroir. Elle est excellente. Je l’ai appelée « Le miroir hanté ».

Je pâlis :

– Hanté ? Pourquoi hanté ?

– Jason, tenta de m’apaiser ma mère, Claudia plaisante.

– Non, répliqua ma sœur. J’ai vraiment écrit ça. C’est l’histoire d’une jeune fille, morte depuis un siècle. Son fantôme habite dans le miroir. Mais il s’y ennuie et, un soir, il quitte le miroir… Un long serpent de brume flotte dans la pièce et survole un lit… où un garçon dort tranquillement…

Claudia baissa la voix :

– Alors, le fantôme plane au-dessus du garçon, descend lentement et prend possession de son corps…

Claudia se tut et me décocha un grand sourire.

– Ça me paraît bien, commenta mon père.

– Tu as beaucoup d'imagination, ajouta ma mère. Et que se passe-t-il ensuite ?

– Je ne sais pas. J'en étais là quand la cloche a sonné, répondit-elle en s'attaquant à son assiette.

– C'est nul ! grommelai-je. Ça ne fait même pas peur.

Claudia releva la tête et me fixa droit dans les yeux :

– Si ça se trouve, c'est une histoire vraie, Jason. C'est peut-être le fantôme du miroir qui a écrit le mystérieux message !

– Claudia, tu as promis de ne plus embêter ton frère ! lui rappela ma mère.

– Ne t'en fais, pas, maman, dis-je. Elle n'arrivera pas à m'effrayer.

– Bouh ! s'écria soudain Claudia en bondissant vers moi. Ha, ha ! Tu as sursauté !

– C'est faux ! protestai-je avec vigueur.

– Cessez immédiatement de vous chamailler ! intervint ma mère. Nous sommes censés fêter la fin du chômage de votre père !

– Je suggère que nous me portions un toast, dit mon père.

Chacun leva son verre en riant.

Nous avions à peine terminé de boire que des grognements sourds résonnèrent dans la pièce.

– Buzzy ? m'alarmai-je. Qu'est-ce qu'il a ?

– C'est étrange, dit ma mère. Il ne grogne jamais de cette manière.

Mon père reposa son verre :

– Pourtant, à ma connaissance, c'est le seul chien dans cette maison !

– Ça vient de l'étage. Je monte vérifier, dis-je en repoussant ma chaise.

Ces grognements étaient inquiétants, mais je ne voulais surtout pas montrer mes craintes à Claudia.

– Buzzy ? appelai-je en gravissant les marches.

Je pénétrai en trombe dans ma chambre. Buzzy était là, tournant le dos au miroir. Dès qu'il m'aperçut, il montra les crocs et se mit à grogner, le poil hérissé.

– Buzzy ?

J'avais du mal à le reconnaître. Il semblait si différent ! Était-ce cette position ramassée, comme s'il allait bondir ? Ou son poil qui se dressait sur son dos ?

– Buzzy ?

Je tombai à genoux et lui fit signe de venir. Buzzy gronda de plus belle. Comme il baissait la tête, j'entrevis ses yeux noirs. Ils étaient froids, chargés d'une hargne contenue.

Ce n'étaient pas les yeux de mon chien !

– Buzzy, calme-toi : tout va bien, murmurai-je doucement. Buzzy… Qu'est-ce que tu as ?

Je n'eus pas le temps de réagir. Déjà, il s'élançait vers moi.

Buzzy bondit et plongea ses crocs dans ma gorge.

7

Je poussai un hurlement et tombai en arrière. Je le saisis à deux mains et essayai de l'arracher.

Mais le chien furieux grognait, enfonçant ses griffes dans ma poitrine, les dents plantées dans ma gorge.

Je sentis un liquide chaud qui s'écoulait dans mon cou, et une violente douleur me paralysa l'épaule.

Le chien lâcha finalement prise, mais sa gueule se referma d'un claquement sec à quelques centimètres de mon visage.

– Au secours ! hurlai-je, cédant à la panique. Au secours !

Je l'attrapai par les poils du dos et tirai brutalement. Ses mâchoires claquaient furieusement dans le vide, cherchant à me mordre. Il me griffa la joue d'un violent coup de patte.

– Au secours !

Des pas précipités résonnèrent dans l'escalier.

Mon père s'arrêta à la porte de ma chambre, interdit.

– Jason ! s'écria-t-il.

Il plongea dans la pièce et empoigna le chien. Ils luttèrent pendant quelques instants. Buzzy semblait doté d'une force incroyable !

Papa parvint finalement à le maîtriser et le tint à bout de bras devant lui. Le chien, furieux, se débattait comme un diable.

– Qu'est-ce qui s'est passé ? s'alarma mon père.

– Il m'a sauté dessus ! criai-je, encore sous le choc. Il m'a attaqué !

– Il t'a mordu, remarqua mon père en fronçant les sourcils. Va nettoyer la plaie, je vais le sortir.

Je marchai en titubant jusqu'à la salle de bains et me tamponnai doucement le cou avec un gant imbibé d'eau froide. J'entendais les grognements de Buzzy qui s'éloignaient dans l'escalier.

Je regardai les griffures sur mon torse et sur ma joue. Elles n'étaient pas très profondes, et la morsure ne saignait déjà plus.

– Qu'est-ce qui lui a pris, à ce chien ? demandai-je, perplexe, à mon reflet dans la glace.

Buzzy avait toujours été adorable. Il n'aboyait jamais contre les gens et je ne l'avais jamais vu pourchasser un oiseau.

Je vérifiai de nouveau si je ne saignais plus, me recoiffai et redescendis dans le salon. Claudia et ma mère étaient toujours à table.

– Où est papa ? demandai-je.

– Il est allé enfermer Buzzy dans le garage en attendant qu'il se calme.

– Il a peut-être attrapé la rage ? demandai-je.

– Non, je ne pense pas, dit ma mère. Il ne bavait pas.

– C'est à n'y rien comprendre ! dis-je. Qu'est-ce qui a pu se passer ?

Claudia se pencha par-dessus la table. Ses yeux brillaient d'excitation.

– Quelque chose l'a terriblement effrayé là-haut, répondit-elle lentement.

8

– Buzzy n'était plus lui-même, racontai-je à Fred un peu plus tard dans la soirée. Il avait le poil hérissé. Même ses yeux étaient différents.

– Bizarre, murmura mon copain.

Nous étions dans ma chambre, assis en tailleur devant la télévision, manettes en main. Cette fois, nous testions un nouveau jeu de hockey. Le jeu était à peine commencé, et je menais déjà quatre buts à un.

– Il t'a salement griffé, observa Fred en désignant ma joue. Ça fait mal ?

– Un peu.

Je guidai mon joueur sur la glace, armai ma crosse et tirai. Manqué…

– Comment a-t-il fait pour t'atteindre à la joue ? Il est tout petit ! s'étonna Fred.

– Je m'étais agenouillé, répondis-je.

– Tu l'as bien cherché !

– Je ne pouvais pas savoir qu'il allait attaquer ! protestai-je.

Je tirai. Le goal de Fred s'interposa et reçut le palet dans le ventre.

– Bel arrêt, le complimentai-je.

– Le hasard !

– J'espère que Buzzy ira mieux demain, soupirai-je.

La fenêtre de ma chambre était fermée, et pourtant on l'entendait grogner dans le garage.

– Il va se calmer, m'assura Fred tout en tirant au jugé. Si ça se trouve, il a vu une souris.

– Une souris ? Et ça aurait transformé le plus doux des chiens en un monstre sanguinaire ? N'importe quoi !

Le silence tomba et la partie reprit de plus belle.

Nous jouâmes pendant près d'une demi-heure. À la fin, je ne sentais plus mes pouces à force de manipuler la manette.

– On fait une pause ? proposai-je.

Fred se releva et étira ses longs bras maigres :

– Je serais meilleur à un jeu de combat. Je ne suis pas doué en sport.

Fred s'avança devant le miroir et se regarda.

– Ce miroir est… différent ! Les choses paraissent plus brillantes que dans la réalité.

Il dansa un instant devant la glace et tira la langue.

Soudain, son expression changea.

– Jason ? dit-il dans un souffle.

– Quoi ?

– Viens vite !

Je me levai d'un bond et suivis le regard de Fred, et je ne pus retenir un hurlement.

9

Buzzy !

Son reflet apparaissait dans le miroir. Comment était-ce possible ?

Pourtant, c'était bien lui. Il se tenait entre nous deux, tête et oreilles basses, comme s'il était effrayé. Il tremblait de tous ses membres.

– Buzzy ?

Je regardai à mes pieds. Il n'y était pas.

Relevant les yeux, je vis son reflet.

– Non… C'est… c'est impossible ! bafouillai-je.

Fred hocha la tête sans rien dire. Il n'arrivait pas à détacher son regard du miroir.

Je fouillai ma chambre de fond en comble. Aucune trace de Buzzy.

Le cœur battant à tout rompre, je retournai vers le miroir.

Il était bien là, tête basse, la queue entre les pattes.

Je criai en direction du couloir :

– Claudia ? Tu es là ?

La porte de sa chambre s'ouvrit et de la musique s'en échappa.

– J'ai du travail, Jason. Qu'est-ce que tu veux ?

– Viens voir, vite !

Ma sœur entra, les cheveux enroulés sur des bigoudis. Elle croisa les bras, ennuyée :

– Alors ?

– Là..., dis-je en désignant le miroir. Regarde !

Claudia s'avança dans ma chambre et nous rejoignit devant le miroir.

– Qu'est-ce qui se passe ?

Elle contempla son reflet.

– Et c'est pour me montrer ça que tu m'as dérangée ? siffla-t-elle.

10

Claudia se tourna vers moi.

– Tu essaies d'être drôle ?

Je baissai les yeux vers le miroir. Buzzy !

Il n'était plus là ! Son reflet avait disparu.

Claudia me poussa brutalement :

– Alors, c'est quoi, ta blague ?

Fred vint à mon secours :

– C'était Buzzy. On l'a vu dans le miroir !

– Oui, bien sûr ! fit Claudia, levant les yeux au ciel.

– C'est vrai ! insistai-je.

– Buzzy est enfermé dans le garage, répondit ma sœur. Tu ne l'entends pas ?

– Mais j'ai vu son reflet dans le miroir, m'écriai-je. Et Fred l'a vu aussi !

Claudia secoua la tête.

– Vous êtes pitoyables tous les deux, dit-elle en quittant ma chambre. Vous pensiez vraiment m'avoir avec un truc aussi grossier ?

Elle se tourna vers moi et grimaça.

– Tu n'es qu'une poule mouillée. C'est mon histoire de fantôme qui t'a donné des idées ? Je te rappelle que tu as douze ans ! Tu ne crois tout de même pas que ta chambre est hantée ? Je ne répondis pas et la laissai partir, avant de me tourner vers Fred :

– On l'a bien vu, n'est-ce pas ?

Fred haussa les épaules :

– Je crois…

– Comment ça ?

– On a peut-être rêvé…

Pourquoi Fred hésitait-il ? En tout cas, il n'était guère rassuré. Et il y avait de quoi ! Cette apparition était effrayante. On se serait cru dans un film d'horreur. Moi, j'étais sûr de ne pas avoir rêvé. Je m'approchai du miroir.

– Buzzy ? appelai-je. Tu es là ?

Fred s'écarta légèrement de moi.

– Buzzy ?

J'avançai la main et touchai la surface lisse. Je la trouvai étonnamment chaude. Je scrutai l'intérieur du miroir jusqu'à ce que ma vision se brouille.

– Bizarre, hein ? dis-je à Fred.

– Oui, fit-il en allant à la fenêtre.

– Je vais chercher un soda. Tu en veux ? demandai-je.

– Oui, merci répondit Fred en observant le miroir de près.

Je me hâtai jusqu'à la cuisine et sortis deux canettes du réfrigérateur. Quand je revins dans ma chambre, Fred n'était plus là.

11

– Fred ?

Je fouillai rapidement ma chambre et ressortis dans le couloir, mes deux canettes en main.

– Fred, où es-tu ?

La porte de Claudia s'ouvrit et un flot de musique latino se déversa dans le couloir.

– C'est quoi encore, ton problème, Jason ? maugréa-t-elle.

– Tu as vu Fred ?

– Non, je n'ai pas bougé d'ici.

– Je sais, mais…

– C'est encore un de tes tours idiots ?

– Non. Fred était dans ma chambre il y a cinq minutes, mais il a disparu.

– Regarde s'il n'est pas parti dans le miroir ! s'exclama-t-elle en éclatant de rire.

Elle claqua la porte derrière elle.

– Fred ? appelai-je encore.

Pas de réponse.

Je descendis. Mes parents étaient au salon. Mon père, agenouillé devant la télé, glissait une cassette dans le magnétoscope.

– Fred est passé vous dire au revoir ? demandai-je. Vous l'avez vu partir ?

Mes parents secouèrent la tête.

– On ne l'a pas vu, répondit ma mère. Tu veux regarder le film avec nous ? C'est un vieux Hitchcock.

– Non merci. Je dois retrouver Fred.

– Tu ne penses pas que vous passez trop de temps devant vos jeux vidéo ? lança mon père. Vous n'avez pas de devoirs à faire ?

– Pas aujourd'hui.

J'allai dans la cuisine et décrochai le téléphone.

J'appelai chez Fred. Peut-être était-il rentré chez lui ?

La sonnerie résonna dans le vide. Cinq fois. Six fois… Je finis par raccrocher.

– Bizarre, me dis-je, de plus en plus inquiet.

Je repassai au salon. Mes parents avaient éteint les lampes et la lumière vacillante de la télévision dessinait des ombres étranges sur leurs visages.

– C'est un très bon film d'angoisse, m'annonça ma mère. Tu veux rester avec nous pour le voir ?

– Euh… non. Je ne suis pas d'humeur à regarder ce genre de truc.

Je m'arrêtai en bas des marches.

– Est-ce que Buzzy va rester toute la nuit dans le garage ?

– J’en ai peur, répondit mon père. Il aboie encore. Je ne sais pas ce qui lui prend ! Nous le conduirons demain chez le vétérinaire.

Je gravis l’escalier et retournai dans ma chambre, espérant retrouver Fred devant le jeu vidéo.

Mais non, ma chambre était vide.

– Fred ? appelai-je d’une petite voix.

Je m’assis sur le bord de mon lit, ne sachant plus que penser de cette histoire.

Soudain, un bruit dans mon placard me fit sursauter.

Je m’en approchai doucement. Quelqu’un toussait à l’intérieur !

– Fred ? Qu’est-ce que tu fiches là-dedans ?

J’ouvris la porte en grand… et poussai un hurlement strident quand un monstre hideux bondit sur moi.

12

La chose me saisit par les épaules et me repoussa vers le lit avec un grognement de rage.

Ses yeux écarlates lançaient des éclairs. Une bave jaunâtre souillait ses crocs acérés.

Je reculai en titubant, complètement terrifié.

Il me fallut quelques secondes pour comprendre que c'était Claudia, qui portait le masque qu'elle avait acheté pour Halloween.

Je lâchai un cri écœuré : elle m'avait encore pris au piège !

Claudia ôta son masque de caoutchouc et le jeta sur mon lit. Elle riait tant qu'elle en avait les larmes aux yeux.

– Tu es contente de toi ? grommelai-je.

Je me sentais tout bête.

– Oh oui ! J'adore t'entendre hurler comme ça ! C'est pourtant un classique, le coup du placard !

– Ha ha ! marmonnai-je.

– Allez, Jason ! Cite-moi au moins une chose qui ne te fasse pas peur.

Sans attendre ma réponse, elle reprit son masque d'horreur et regagna sa chambre. J'entendis son rire dans le couloir.

Moi, je ne trouvais pas ça drôle ! Il se passait des choses étranges, des choses inquiétantes.

Je restai un long moment, planté au centre de ma chambre, en serrant les poings. J'enrageais.

Finalement, je secouai la tête pour chasser les pensées qui m'assaillaient et enfilai mon pyjama.

Avant d'aller me coucher, je me tournai une dernière fois vers le miroir.

Mon reflet n'avait rien de particulier. J'avais l'air un peu fatigué et, comme toujours, les cheveux en bataille.

Le miroir était si net qu'on aurait juré qu'il n'avait pas de verre. Mais, ce détail mis à part, je ne remarquai rien d'anormal. Je haussai les épaules, éteignis la lumière et me glissai sous les couvertures. Fermant les yeux, je repensai à Fred. Je faillis me relever pour rappeler chez lui. Mais je n'osai pas : ses parents n'aiment pas qu'on téléphone trop tard.

Je le reverrais demain à l'école. Il m'expliquerait pourquoi il était parti sans prévenir.

Je m'en voulais de m'inquiéter autant. Je me laissais emporter par mon imagination.

« Dors, Jason, me dis-je. Ne pense plus à tout ça. »

Je poussai un profond soupir et me laissai peu à peu gagner par le sommeil.

Soudain, un bruit vint s'insinuer dans mon esprit somnolent.

C'était Buzzy qui aboyait dans le garage.

Qu'est-ce qu'il avait, ce chien ? À présent, j'étais complètement réveillé.

Et c'est alors que je perçus un autre bruit.

Cette fois, c'étaient des gémissements, de petits couinements aigus. Le genre de cris que poussait Buzzy quand il était effrayé ou qu'il avait mal.

Les aboiements furieux venant de l'extérieur ne couvraient pas les plaintes, qui, elles, étaient toutes proches.

Venaient-elles de l'intérieur du miroir ?

13

Le lendemain matin, nous avions gym en première heure. Je déposai mes affaires de classe dans mon casier et allai me changer. Nous devions jouer au foot.

Dans les vestiaires, je repérai avec soulagement Fred. Il était déjà en tenue et laçait ses chaussures. Je me frayai un chemin vers lui.

– Ça va, Fred ? lançai-je.

Pour toute réponse, il haussa les épaules. Avec son short et son T-shirt trop large, on aurait dit un squelette en vacances. Je dois peser plus lourd que lui alors qu'il me dépasse de deux têtes !

– Pourquoi es-tu parti hier ? demandai-je.

Il réfléchit un long moment comme s'il cherchait à se rappeler.

– J'ai dû rentrer chez moi, murmura-t-il enfin. J'avais quelque chose à faire.

– Tu aurais pu me dire au revoir ! remarquai-je en fronçant les sourcils. Je t'ai cherché partout. J'étais inquiet.

– Désolé ! lança-t-il en haussant de nouveau les épaules.

Le coup de sifflet du prof de gym nous interrompit.

– Nous allons jouer dehors, annonça-t-il d'une voix forte. Il ne pleut plus, mais le sol est encore trempé, alors faites attention !

Toute la classe se précipita en rangs serrés sur le terrain de foot. Le temps était à la pluie et de lourds nuages d'orage obscurcissaient le ciel.

Je gagnai ma place en frissonnant. J'étais ailier de mon équipe. Je me tournai vers Fred, qui jouait d'habitude en milieu de terrain. Comme il déteste le foot, il s'arrange toujours pour se faire oublier. Mais, aujourd'hui, il ne se trouvait pas à son poste habituel.

Quand le prof siffla le début de la partie, à ma grande stupéfaction, je vis Fred s'élancer vers le but adverse en poussant le ballon du pied.

« Qu'est-ce qui lui prend ? Il va s'étaler dans trente secondes, pensai-je. »

Mais, contre toute attente, Fred ne tomba pas. Il fit une passe à Robby McIntire, qui se faufila dans la défense et shoota. Le goal renvoya la balle des deux poings.

Fred se trouvait à la réception ! Il tira vers le but et le ballon termina sa course au fond des filets.

Toute notre équipe l'entoura en hurlant de joie.

– Joli coup ! m'exclamai-je en lui tapotant l'épaule.

Il m'assena alors une claque dans le dos qui faillit m'envoyer au sol.

« Ouah ! Il a fait le plein de vitamines, ce matin ! » songeai-je avec étonnement.

Le reste de la partie fut encore plus surprenant. Fred était partout. Dès qu'une balle arrivait, elle était pour lui. Il haranguait notre équipe, bousculait nos adversaires. Il avait pris la situation en main. Impossible de l'arrêter. Fred dominait la partie !

Je n'avais jamais vu une chose pareille. Fred le maigrichon, le nul en gym, marquait but après but.

Quand le prof siffla la fin du match, je me précipitai vers lui. La tenue de Fred était couverte de boue.

Je brisai le cercle des joueurs qui l'entouraient pour le féliciter.

– Bravo, Fred ! m'écriai-je. Quelle histoire ! Tu es possédé ou quoi ?

Son sourire disparut brusquement et ses yeux me lancèrent des éclairs. Il s'avança d'un air farouche, me saisit par mon T-shirt et me souleva de terre.

– Qu'est-ce que tu viens de dire ? rugit-il.

– Euh, rien... J'ai dit que tu étais possédé... Et alors ?

– Ne répète jamais ça ! gronda Fred.

Et avec un hurlement furieux, il me projeta au sol. J'atterris si violemment sur le dos que j'en eus le souffle coupé.

Alors Fred se jeta sur moi, m'écrasant de tout son poids, et se mit à me décocher de violents coups de poings.

Son visage, plutôt pâle d'ordinaire, avait viré au cramoisi. Il me cognait de plus en plus fort.

– Arrête ! suffoquai-je.

Des étoiles dansèrent devant mes yeux et je sentis que je saignais du nez.

– Fred, arrête ! suppliai-je. Arrête !

14

– On dirait que tu es passé sous un rouleau compresseur, commenta Mme Johnson, l'infirmière de l'école, avec une grimace.

En réponse, j'émis un grognement.

– Je croyais que Fred et toi étiez bons copains, poursuivit-elle.

– C'est le cas, soupirai-je.

L'infirmière tapota mon arcade sourcilière avec un coton imbibé d'alcool.

– Tu as de la chance de ne pas avoir de côtes cassées ! dit-elle en allant chercher un pansement dans un tiroir.

– Oui, j'ai de la chance, gémis-je.

– Qu'est-ce qui lui a pris de te sauter dessus comme ça ? Et quelle force ! On m'a dit qu'il avait fallu deux profs pour le maîtriser !

Je haussai les épaules et regrettai aussitôt mon geste : tout mon corps était endolori.

– Il était comme possédé ! Il est nul en gym, mais aujourd'hui…

L'infirmière enroula un bandage autour de mon front.

– En tout cas, il a été suspendu. Ses parents sont convoqués chez le directeur cet après-midi. Ça te console un peu ?

– Non, répondis-je. Fred est mon ami. Enfin, je pensais qu'il l'était.

Mme Johnson me renvoya chez moi en me conseillant de me reposer. Il n'était qu'onze heures et demie…

– Il y a quelqu'un ? appelai-je en entrant dans la maison.

Non, bien sûr… Claudia était au collège, ma mère à son travail et mon père commençait son nouvel emploi.

Qu'allais-je faire de toute cette journée ?

En temps normal, j'aurais bondi de joie. Mais là, rien que la pensée de sauter était douloureuse.

Je n'avais pas faim. Mon estomac avait encaissé tellement de coups qu'il était tout noué.

J'ouvris quand même le réfrigérateur. Il restait quelques morceaux de poulet froid. Bien. Cela ferait l'affaire si j'avais un petit creux plus tard.

C'était bizarre de se retrouver seul à la maison un jour de classe. Le ronflement du réfrigérateur remplissait tout l'espace. Le plancher craquait à chacun de mes pas et le tic-tac de l'horloge résonnait au salon. Je décidai d'aller chercher un livre dans ma chambre et de retourner le lire en bas.

Je me mis à gravir les marches. Chacun de mes pas m'arrachait une grimace. Peut-être avais-je une côte cassée, finalement.

Je repensai à Fred, à l'instant où il s'était jeté sur moi. Ses traits étaient déformés par la rage et il avait frappé, frappé…

De toutes ses forces…

Rien que de m'en souvenir, j'eus un haut-le-cœur.

Je retins mon souffle jusqu'à ce que ça passe. J'avais malgré tout un goût étrange dans la bouche.

J'essuyai la sueur de mon front d'un revers de main, et je hurlai de douleur. J'avais oublié que j'y avais une blessure.

Prenant une profonde inspiration, j'entrai dans ma chambre et me dirigeai vers mes étagères.

Je n'avais pas l'intention de regarder dans le miroir.

Mais un mouvement brusque de ce côté-là attira mon attention, et je me tournai d'un bloc.

Cette fois, je n'avais pas rêvé. Quelque chose avait bougé dans le miroir !

15

Je restai figé sur place, le sang battant violemment contre mes tempes.

Je plissai les yeux et scrutai les profondeurs du miroir.

La pluie s'était remise à tomber et les gouttes tambourinaient sur les carreaux de ma fenêtre. De gros nuages noirs masquaient le ciel, et ma chambre était plongée dans les ténèbres.

Je n'avais pas allumé la lumière et la faible clarté qui provenait de la fenêtre projetait des ombres floues sur le sol et sur le miroir.

Je contemplai mon reflet. Il semblait obscur et froid. Inquiétant aussi. Mais sans doute était-ce l'effet de mon imagination.

C'est alors que je vis des formes noires qui glissaient à la surface de la glace. Elles rappelaient les gros nuages roulant dans le ciel. Elles se rapprochaient, se précisaient peu à peu.

Il y avait bel et bien une présence dans le miroir.

Lentement, elles dessinèrent deux silhouettes, une grande et une petite. Je crus reconnaître celle d'un chien.

Buzzy ?

La grande ombre effilée qui se tenait à côté de lui me faisait penser à Fred. Était-ce bien sa tête ronde, ses épaules malingres ?

Était-ce sa posture un peu voûtée, la tête légèrement penchée sur le côté ?

Étais-je en train de contempler les ombres de Buzzy et de Fred, ou avais-je perdu l'esprit à force de donner libre cours à toutes mes frayeurs ?

La tempête s'était levée à présent, et un vent violent s'engouffrait par tous les interstices de la fenêtre.

Ça, au moins, ce n'était pas imaginaire.

La pluie martelait les vitres, et la pièce s'obscurcit encore. Les ombres se dissipèrent peu à peu.

Mes mains étaient glacées. Je les enfonçai dans mes poches.

Immobile, je continuais de contempler le miroir.

Il était d'un noir d'encre. Les silhouettes avaient disparu.

Je me rendis compte que mes mâchoires s'entrechoquaient.

J'étais pétrifié de peur. Je mourrais de peur dans ma propre chambre !

Des êtres mystérieux habitaient les profondeurs de ce miroir maudit.

Que pouvais-je faire ? Allait-on seulement me croire ?

16

Cette nuit-là, il me fallut des heures avant de trouver le sommeil.

Je redoutais l'idée de dormir dans ma chambre, mais pour rien au monde je n'aurais voulu que Claudia remarque ma terreur.

Je revoyais sans cesse Buzzy, grognant furieusement et me sautant à la gorge. Qu'était-il arrivé à ce pauvre chien, d'ordinaire si calme et si gentil ?

Le vétérinaire n'avait rien trouvé d'anormal. Lors du repas, mon père avait dit que nous ne pourrions plus le garder très longtemps au garage. Les voisins s'étaient plaints de ses aboiements constants.

Je tournai sous mes couvertures en me demandant si mon chien retrouverait un jour son comportement habituel.

Fred, lui aussi, me préoccupait. Nous étions copains depuis la maternelle, et nous ne nous étions jamais vraiment disputés.

Pourquoi s'était-il rué sur moi ? Je lui avais juste dit qu'il était possédé. Dans mon esprit, c'était un compliment. Pourquoi une telle rage ?

C'était un mystère. De même que ses soudaines qualités sportives. Lui, le nul en gym, s'était brusquement montré doué, confiant et offensif.

C'était une autre personne. Et maintenant, il était suspendu pour plusieurs jours. J'avais espéré qu'il m'appellerait pour s'excuser ; mais le téléphone était resté muet.

Des milliers de questions se bousculaient dans mon esprit. Des milliers de questions sans aucune réponse. Je consultai mon radio-réveil : minuit et quart. Malgré la fatigue, j'étais complètement éveillé.

Je fermai les yeux et m'efforçai de ne plus penser à tout ça.

J'imaginai un ciel bleu avec de petits nuages blancs. Ils flottaient lentement. Un… deux… trois…

J'allais sombrer dans le sommeil quand un bruit sourd attira mon attention.

Était-ce un aboiement ? Je me dressai d'un bond, tous mes sens en alerte. En effet, un chien aboyait dans le lointain. Ce n'était pas Buzzy.

Rassuré, je retombai sur mon oreiller.

Soudain, je perçus un autre son. Je tournai la tête. Quelqu'un respirait.

Oui, c'était une respiration, lente et soutenue. Je cherchai à la localiser. Elle semblait provenir de mon armoire.

Cette fois, pas question de céder à la panique ! Il ne pouvait s'agir que de Claudia, qui s'était dissimulée pendant tout ce temps, guettant le moment propice pour me bondir dessus et me faire hurler de peur.

Je souris dans le noir. Ma sœur avait perdu son temps ; pour une fois, je n'allais pas lui donner satisfaction.

Je glissai sur le côté de mon lit et me levai en silence. La respiration s'amplifiait à mesure que je traversais la pièce.

Main tendue, j'avançai lentement vers l'armoire.

J'allais l'ouvrir quand un frisson glacé me parcourut de part en part. Je m'immobilisai.

La respiration ne venait pas de l'armoire !

Elle sortait du miroir.

17

Je restai figé, les yeux rivés sur mon armoire.

Je n'osais pas regarder en direction du miroir. Mais j'entendais toujours le souffle régulier qui en sortait.

« Hou… hou… hou… »

Je serrai les paupières de toutes mes forces, comme si cela pouvait suffire à arrêter ce bruit effrayant.

Un frisson remonta le long de mon dos.

« Hou… hou… hou… »

Je rouvris les yeux. La chambre était plongée dans l'obscurité la plus totale. Plus aucune lumière ne filtrait par la fenêtre.

Rassemblant mon courage, je bondis sur le mur et actionnai l'interrupteur.

La lumière inonda la pièce. « Voilà qui est mieux, songeai-je en clignant des yeux. Maintenant, je peux affronter le miroir. »

« Hou… hou… hou… »

Le souffle rauque résonnait à mes oreilles. Les battements de mon cœur s'accélérèrent.

Lentement, je m'écartai du mur et me tournai vers le miroir…

18

Un cri de surprise s'étouffa dans ma gorge.

Ma chambre avait beau être illuminée par le plafonnier, le miroir restait noir, habité par les plus sombres ténèbres.

Je fixai cette surface d'un noir d'encre. Aucun reflet.

J'avais l'impression de contempler un gouffre sans fond.

– C'est impossible, soufflai-je, épouvanté.

Je déglutis avec peine et avançai d'un pas. Je tendis l'oreille : pas de doute, le miroir respirait.

« Hou… hou… hou… »

– Qui… qui est là ? bafouillai-je d'une voix déformée par la peur. Où… où êtes-vous ?

« Hou… hou… hou… »

Alors, les ténèbres sans fond se muèrent en une brume grisâtre. De longs rubans se mirent à flotter lentement à la surface du miroir.

Je restais là, interdit, n'osant plus respirer. Je levai mes bras comme pour me protéger.

Les rubans de brume dessinèrent une silhouette humaine. La forme grandit, s'étira…

Et une tête se découpa sur un long corps malingre. Je crus que j'allais défaillir. J'aurais voulu fuir ; mais mes pieds étaient littéralement collés au plancher.

Je restais là, hypnotisé par cette vision effrayante qui peu à peu prenait forme devant moi.

Je n'eus même plus la force de crier quand les contours de la forme se précisèrent.

Je reconnus Fred. C'était bien son visage, posé sur un corps d'ombre.

Il était là, le regard froid et vidé de toute vie. Ses yeux bleus étaient à présent d'un gris terne et fantomatique. Une profonde détresse se lisait sur ses traits. Sa bouche s'ouvrit en un cri muet.

Fred haletait dans les ténèbres du miroir. Il semblait triste, accablé de douleur.

Je le vis lever lentement les mains vers la vitre, comme s'il cherchait à la repousser.

– Aide-moi, Jason.

Sa voix n'était qu'un faible murmure, qui semblait monter des profondeurs obscures du miroir.

– Aide-moi, Jason. Aide-moi à sortir.

– Fred ? chuchotai-je. Tu m'entends ? Tu peux me voir ?

Il me regarda dans les yeux. Ses contours nuageux ondulaient doucement.

– Aide-moi…

Soudain, ses mains tendues surgirent du miroir.

Il n'y eut pas un bruit. C'était comme si elles traversaient une surface liquide. Elles en jaillirent.. et me saisirent les poignets !

– Non ! criai-je. Non ! Lâche-moi !

19

– Lâche-moi ! Lâche-moi ! hurlai-je.

Ses doigts froids comme de l'acier raffermirent leur prise sur mes poignets, m'attirant avec une force surhumaine vers la vitre.

Je fus submergé par la panique :

– Arrête, Fred ! Je t'en supplie !

Le sang afflua à mes tempes, tambourinant en un vacarme assourdissant. Les pupilles grises de Fred se rétrécirent tandis qu'il m'entraînait inexorablement vers lui. De plus en plus près…

Alors les ténèbres du miroir envahirent ma chambre et m'engloutirent.

Je me sentis basculer dans un puits sans fond, obscur et glacial.

Lorsque j'ouvris les yeux, une lumière violente m'aveugla un court instant.

Je relevai la tête en grognant. Ma bouche était sèche comme du carton, et mon bras gauche était engourdi.

Il me fallut un certain temps pour comprendre que je me trouvais sur le sol de ma chambre. Je me redressai avec peine.

M'étais-je endormi ? Avais-je rêvé cette scène effrayante ? Était-ce un cauchemar ?

Je regardai mes mains et poussai un cri en apercevant les marques rouges qui zébraient mes poignets. Les marques laissées par les doigts de Fred !

Je n'avais pas rêvé ! Tout cela était vraiment arrivé : le visage implorant de Fred, ses bras jaillissant du miroir. Les ténèbres qui envahissaient la pièce tandis qu'il m'entraînait avec lui à l'intérieur.

Mais alors… que faisais-je sur le sol de ma chambre ?

Je tournai un regard craintif en direction du miroir. Sa surface était de nouveau d'un noir d'encre.

La lumière était toujours allumée, mais le miroir ne reflétait plus rien.

Il formait comme la bouche d'un long tunnel sombre s'ouvrant dans le mur, menant… Où cela ?

Je me redressai avec peine et passai une main dans mes cheveux. Je devais avertir mes parents, leur montrer cette surface noire. Ils comprendraient qu'il se passait des choses étranges.

« Ils vont sûrement dire que je rêve », pensai-je. Il me faudrait les convaincre, les forcer à me croire !

J'allais quitter ma chambre quand la glace du miroir se modifia encore. Un nouveau nuage gris se forma et un long ruban de brume surgit des ténèbres.

Il s'éleva en tourbillonnant. Il s'agitait, comme animé d'une vie propre.

Peu à peu, les ombres prirent forme humaine, et je pus distinguer une silhouette grise.

Quand la fumée se dissipa complètement, j'aperçus un visage.

Il me fallut quelques secondes pour comprendre avec effroi ce que je contemplais.

C'était moi ! C'était mon propre visage qui apparaissait dans le miroir. Un visage triste aux yeux désespérés.

Je reculai malgré moi et manquai de trébucher en arrière. Mon reflet, lui, ne bougea pas !

– Non !

Je portai les mains à mes joues pour me convaincre que j'existais encore.

– Qui est là ? demandai-je d'une voix blanche. Que… que se passe-t-il ?

Les yeux noirs de mon reflet formaient deux trous sombres. Les lèvres remuèrent, prononçant une phrase qui me parvint assourdie, comme renvoyée par un écho.

– Jason… Je suis ton fantôme.

– Non ! hurlai-je. C'est impossible !

– Je suis ton fantôme.

– Mais… si tu es mon fantôme… ça signifie… que je suis mort ?

20

Je contemplais, interdit, mon visage qui se détachait de cette masse noire. C'étaient bien mes yeux, mes cheveux en broussaille, ma bouche…

Ma bouche qui se tordit en un sourire narquois :

– C'est exact, Jason. Tu es mort.

– Non ! protestai-je. Je suis là. Je te regarde ! Je suis vivant, vivant !

Le visage dans le miroir ne répondit pas. Son sourire se figea.

– Tu mens ! lançai-je.

– Tu es mort, Jason, répéta la silhouette. C'est pourquoi je suis là. Je suis ton fantôme.

– Depuis quand suis-je mort ? Dis-moi !

Le fantôme plissa les yeux et chuchota :

– Ça s'est passé cette nuit…

Je restai un instant sans voix, terrassé par la nouvelle. Le visage ricanant continuait de me fixer avec intensité.

– Comment ? lâchai-je dans un souffle.

– Tu es mort de peur, Jason, m'annonça-t-il.

Tremblant de tous mes membres, je tentai de contrôler ma respiration. J'étais sur le point d'étouffer.

« C'est un mensonge, me dis-je. Je ne suis pas mort. Je suis là, dans ma chambre, je regarde mon miroir et... »

Je vois mon propre fantôme ?

La silhouette de brume avança une main et me fit signe de m'approcher.

– Viens, Jason, murmura-t-il. Viens, rejoins-moi.

– Non !

Ses bras... Mes bras se tendirent vers moi en un geste implorant.

– Rejoins-moi, Jason... Tu seras en sécurité ici...

– Quoi ?

– Je suis toi... Viens. Nous serons de nouveau réunis...

Les mouvements brumeux du fantôme exerçaient un attrait hypnotique. Mon regard ne parvenait plus à s'en détacher.

Je me sentis attiré par mon reflet, comme aspiré par une force invisible.

– Viens, Jason... Viens...

Je fis un pas en avant, incapable de résister à cet appel.

Je ne touchais pas le sol. Je bougeais comme dans un rêve.

« Je vais... traverser le miroir », pensai-je sans étonnement et sans révolte.

– Viens, Jason. Rejoins-moi de ce côté-ci, me pressa la voix, lancinante.

– Oui, murmurai-je. J'arrive…

J'étais léger ; je flottais dans un monde cotonneux.

Les mains de mon double se refermèrent sur mes épaules, et il m'attira à lui.

« Ça y est, me dis-je. Je traverse le miroir. »

21

Les aboiements d'un chien s'élevèrent soudain, m'arrachant à ma torpeur.

Je repérai Buzzy, minuscule tache d'ombre qui bougeait dans le lointain. Ses aboiements résonnaient comme une mise en garde.

Les doigts du fantôme s'enfoncèrent dans mes épaules et il tira plus fort.

– Non ! protestai-je avec véhémence.

Une autre silhouette apparut au côté de Buzzy. Fred !

Sa voix flotta vers moi, comme si des kilomètres nous séparaient.

– Ne viens pas, Jason ! Refuse !

Cet appel claqua à mes oreilles comme un fouet et je me débattis avec rage, m'arrachant d'un mouvement brusque à l'étreinte du fantôme.

Déséquilibré, je titubai en arrière et tombai lourdement sur le tapis de ma chambre.

Me relevant d'un bond, je regardai le visage du fantôme... Mon visage défiguré par un cri de rage.

– Je t'ordonne de me rejoindre ! gronda-t-il.

Le hurlement enfla. Dans le miroir, mes mâchoires s'agrandirent et ma bouche se retourna, avalant tout le visage !

Je réprimai un cri d'horreur en voyant apparaître à sa place les traits hideux d'une créature de cauchemar. Elle avait le teint cireux, comme enduit d'un gel translucide. Une langue rouge ondulait devant sa face et ses yeux jaunâtres, aussi gros que des balles de tennis, palpitaient dans leurs orbites. Une plainte s'échappa de ma gorge et je reculai d'un pas.

Le corps de la créature se modifia lentement sous mes yeux effarés. Il enfla jusqu'à emplir la surface du cadre et se transforma en une coquille d'un pourpre profond.

Les bras de mon reflet avaient disparu. À leur place se dressaient deux pinces gigantesques qui sectionnaient le vide.

Le corps monstrueux de la créature suintait d'une substance luisante. La face immonde de la chose avait viré au cramoisi. Les pinces claquaient dans l'air, cherchant une proie.

Peu à peu, ma frayeur se mua en colère.

– Tu voulais me tromper ! m'écriai-je en serrant les poings. Tu n'es pas mon fantôme ! Tu n'es rien qu'un monstre !

Sa bouche sans lèvres s'ouvrit sur plusieurs rangs de crocs écarlates et elle lança ses pinces en avant.

Le miroir parut exploser quand elles jaillirent dans la pièce et se refermèrent sur ma gorge.

22

Cherchant désespérément de l'air, j'empoignai les pinces et tentai de les repousser.

Mais la surface luisante de gel visqueux glissa sous mes doigts.

Une pince assura sa prise autour de mon cou et la créature se mit à m'attirer vers le miroir.

Pris de panique, je me débattis, frappant la carapace de toutes mes forces avec mes poings.

En vain ! Le monstre était trop puissant.

Il m'assena un coup à la tête de sa pince libre tandis que l'autre me soulevait de terre.

Avec un rictus grimaçant, la créature m'entraînait inexorablement vers le miroir !

Je ne parvenais plus à respirer. Mes poumons étaient sur le point d'exploser. Mes bras fouettaient le vide. Dans un ultime sursaut d'énergie, ma main heurta mon armoire. Je tentai de m'y accrocher. Je balayai la surface, et mes doigts se refermèrent sur quelque chose. Sur le coup, je ne pus voir de quoi il s'agissait.

L'étau des pinces se desserra et je chutai dans les ténèbres.

Tout était si froid, si sombre ! « Je me trouve à l'intérieur du miroir », constatai-je, affolé.

Le monstre se pencha sur moi et je levai les bras pour me protéger. Je vis alors l'objet que j'avais récupéré au sommet de mon armoire.

C'était un petit miroir à poignée. Pas très efficace comme arme. Mais je n'avais rien d'autre.

La créature ouvrit ses mâchoires en grand, prête à m'engloutir.

Son haleine chaude et fétide me recouvrit comme une vague. Je frappai de toutes mes forces le monstre à l'abdomen avec mon arme dérisoire.

Il ne se passa rien.

Le monstre ne réagit pas.

23

– Lâche-moi ! hurlai-je. Laisse-moi partir d'ici !

Mon cri réveilla un écho sourd dans les ténèbres avant de s'évanouir dans le lointain.

Je me remis à frapper le monstre, encore et encore.

Tenant la poignée à deux mains, je m'acharnai sur la créature.

Peine perdue !

La chose leva ses pinces au-dessus de sa tête et les actionna en rythme, comme pour célébrer sa victoire. Ses mâchoires claquèrent en un bruit mouillé et une voix grondante résonna dans les ténèbres :

– Bienvenue dans ton nouvel… univers. Je vais prendre ta place… Au-dehors…

– Noon ! hurlai-je en lui assenant un grand coup.

À cet instant, le petit miroir rond accrocha la lumière du grand.

Je vis le monstre qui s'y reflétait.

Soudain, deux créatures apparurent devant moi. Puis quatre… Puis huit.

Une douzaine de monstres s'agitaient bientôt tout autour.

Stupéfait, je gardai le petit miroir en place.

Le phénomène se reproduisit, et les monstres continuèrent à se multiplier. Leur nombre semblait croître à l'infini, et ils rapetissaient en proportion.

Je constatai avec étonnement que ce qui se passait là n'était pas une illusion d'optique. À présent j'étais entouré par des centaines de monstres.

Ils grognaient et leurs pinces claquaient en cadence.

Tout à coup, ils s'avancèrent tous vers moi…

24

Le martèlement de leurs pas faisait trembler le sol.

Le bruit de leurs pinces résonnaient comme des explosions.

Je me bouchai les oreilles et reculai d'un pas devant la charge des créatures… et je me sentis brusquement tomber en arrière.

J'atterris lourdement sur le tapis de ma chambre.

Encore sous le choc, je n'eus pas la présence d'esprit de me relever. Allongé au sol, mes mains encore pressées contre mes oreilles, je vis avec stupéfaction les monstres qui s'entredéchiraient de l'autre côté du miroir.

Les pinces tranchaient dans la chair, les yeux globuleux jaillissaient de leurs orbites et retombaient mollement au sol. Les monstres se battaient avec des hurlements de rage et de douleur mêlées.

Je contemplai un instant le spectacle effroyable de ces créatures qui s'acharnaient à s'anéantir avant de détourner les yeux du carnage.

Je me redressai péniblement et luttai un instant pour reprendre mon souffle.

Je partis en titubant en direction du couloir.

– Maman ! Papa ! Venez vite ! hurlai-je en courant vers leur chambre. Vite ! Par pitié !

La lumière filtra sous la porte de mes parents. Mon père apparut bientôt sur le seuil, les yeux embrumés de sommeil.

– Que se passe-t-il, Jason ? Tu as eu un cauchemar ?

– Vite ! Vite ! le pressai-je en l'entraînant par la manche de son pyjama.

Ma mère nous suivit dans ma chambre.

– Regardez ! m'écriai-je en désignant le miroir.

Tous les regards se posèrent sur la surface de verre. Elle reflétait mon bureau, les posters sur mes murs. Plus de bataille. Plus de monstres déchiquetés.

– C'est impossible ! hurlai-je. Je ne suis pas fou !

Ma mère posa doucement une main sur mon épaule et me regarda avec inquiétude. Je m'écartai d'un geste brusque.

– Jason, calme-toi, dit mon père.

– Que veux-tu nous montrer ? demanda ma mère.

– Je vais entrer dans le miroir. Regardez-moi !

Je devais absolument leur prouver que je n'étais pas fou !

Épaule en avant, je fonçai sur le miroir.

25

J'allai m'écraser lourdement contre la surface vitrée et une violente douleur me parcourut l'épaule. Je reculai en titubant.

– Jason, je t'en prie, dit ma mère en me retenant gentiment.

– De quoi as-tu si peur ? demanda mon père en fronçant les sourcils.

Ma mère se tourna vers lui, en me serrant dans ses bras.

– Nous devrions peut-être nous débarrasser de ce miroir. Jason fait des cauchemars depuis qu'il se trouve dans sa chambre.

Mon père réfléchit un instant.

– Jason doit comprendre qu'il n'y a aucun monstre à l'intérieur, déclara-t-il.

– Arrêtez de parler comme si je n'étais pas là ! m'exclamai-je. Je ne suis pas fou ! J'ai bel et bien vu un monstre dans ce miroir ! Il m'a attiré à l'intérieur. Il y faisait froid et sombre. Et j'ai vu Fred et Buzzy.

– Fred et Buzzy ? répéta ma mère.

Elle toucha mon front pour vérifier si je n'avais pas de fièvre.

– Tu as vu Fred et Buzzy à l'intérieur du miroir ? demanda mon père. J'appelle le docteur !

– Il n'a pas de température pourtant, déclara ma mère. Je... je ne sais pas quoi penser.

– Il y a des cauchemars qui semblent terriblement réels, tenta d'expliquer mon père.

J'ouvris la bouche pour protester, mais je compris bien qu'ils ne me croiraient jamais.

– Oubliez ça, dis-je avec un profond soupir. Retournez vous coucher. Je suis désolé.

Le lendemain matin, je m'habillai vite en tournant le dos au miroir.

Mais ce fut plus fort que moi. Je devais le regarder. Le reflet était redevenu normal. Il scintillait à la lumière du soleil pénétrant par ma fenêtre.

Aucun fantôme, aucun monstre. Pas la moindre silhouette réclamant mon aide.

Je réprimai un frisson en repensant à la nuit précédente.

– Ce n'était pas un cauchemar, murmurai-je pour moi-même.

J'attrapai le petit miroir et le glissai dans ma poche.

D'une certaine manière, cela me rassura. Je me hâtai de descendre prendre mon petit déjeuner.

Mes parents me regardèrent d'un air incertain, cherchant sans doute des signes de ma folie.

Claudia était assise à table et mangeait une banane. On aurait dit un singe.

– Alors ? Il paraît que tu avais grillé un fusible la nuit dernière ? lança-t-elle avec un sourire moqueur.

– Claudia ! intervint ma mère. Tu avais promis de ne pas en parler.

– Il faudra remettre une petite veilleuse dans sa chambre, continua ma sœur d'un air narquois.

– Ça suffit ! gronda mon père. Dépêche-toi de terminer ton petit déjeuner, tu vas être en retard.

– Tu pourrais essayer d'être plus gentille, ajouta ma mère.

– C'est sûr, il faut être gentil avec les simples d'esprit, répliqua-t-elle en vidant son verre de jus d'orange. À plus tard !

Elle quitta la table et se précipita dans l'entrée. Mon père l'arrêta :

– Je veux que tu accompagnes ton frère !

– Ce n'est pas la peine, dis-je. Je vais y aller à vélo.

– Tu te sens mieux ? demanda ma mère.

– Ça va, répondis-je. Je n'ai pas assez dormi, c'est tout.

– Veux-tu que j'appelle le docteur ?

– Je ne suis pas malade, insistai-je.

– Je peux enlever le miroir de ta chambre, suggéra mon père. S'il te gêne tant que ça…

Je ne sus pas quoi répondre. Je rêvais de me débarrasser de ce miroir hanté ; mais je devais leur prouver que j'étais sain d'esprit. Je devais les convaincre qu'il y avait bien une présence terrifiante dedans.

– Nous en reparlerons ce week-end, conclut ma mère.

J'engloutis le reste de mes céréales, content de ne pas avoir à prendre de décision.

J'enfilai mon blouson, pris mon sac à dos et me dirigeai vers le garage, où se trouvait ma bicyclette.

Un cri de stupeur s'échappa de ma gorge lorsque je débouchai dans l'allée.

Le bas de la porte était déchiqueté et un trou béant s'y ouvrait.

– Buzzy ? m'écriai-je. Buzzy ? Tu es toujours là ?

26

Le bois avait été pulvérisé, comme si quelqu'un avait porté un coup d'une extrême violence depuis l'intérieur du garage. Des échardes de bois jonchaient le pavage de l'allée.

– Buzzy ?

Je relevai la porte.

Quel désastre !

Les outils de jardinage étaient éparpillés partout. Mon vélo avait été renversé. Un sac de terreau éventré s'était vidé de son contenu et la terre souillait la surface du garage. La tondeuse à gazon était complètement tordue.

Je regardai dans tous les coins : Buzzy n'était pas là. Je me grattai la tête, incrédule. Était-ce Buzzy qui avait provoqué ce désastre ? Un aussi petit chien aurait-il pu dévaster un garage et faire éclater la lourde porte en chêne ?

Non, c'était impossible !

Mes parents étaient déjà partis travailler. Ils constateraient l'étendue des dégâts en rentrant ce soir.

Où Buzzy était-il à présent ? Pourvu qu'il ne lui soit rien arrivé ! Je redressai ma bicyclette et enlevai le terreau de la selle. Après un dernier regard sur le garage, je me mis en route.

Je fonçais, debout sur les pédales. La caresse du vent frais sur mon visage me fit du bien.

J'atteignis bientôt la rue de Fred. D'ordinaire, nous allions à l'école ensemble, mais en arrivant devant chez lui, je me souvins qu'il avait été suspendu.

« Il a bien de la chance ! me dis-je. Il doit faire la grasse matinée. »

Je jetai un coup d'œil sur la façade de sa maison et pilai net.

Toutes les vitres de la façade étaient brisées et des fragments de verre parsemaient la pelouse. La porte d'entrée, fracassée, pendait sur ses gonds.

Qu'avait-il pu se passer ici ?

Je m'avançai un peu, le cœur battant à tout rompre.

L'intérieur de la maison était plongé dans l'obscurité.

– Fred ? appelai-je d'une voix incertaine. Fred ? Tu es là ?

C'est alors que je repérai une silhouette familière à l'angle de la rue.

– Fred !

Je m'élançai vers lui, abandonnant mon vélo.

Pendant ce temps, Fred s'était approché d'une voiture… et l'avait soulevée au-dessus de sa tête !

27

– Fred !

Je courus vers lui en agitant les bras pour attirer son attention :

– Fred ! Qu'est-ce que tu fais ?

Je m'arrêtai brusquement en percevant des hurlements effrayés. Il y avait des gens dans la voiture ! Ils criaient et gesticulaient, tambourinaient contre les vitres.

– Fred ! Repose ça immédiatement ! criai-je. Tu vas avoir de gros ennuis !

La voiture tanguait dans les airs, et chaque mouvement arrachait des plaintes à ses occupants.

Fred se tourna vers moi et poussa un grognement enragé.

– Fred, écoute-moi ! Repose cette voiture !

Il recula d'un pas.

Je hurlai à mon tour en devinant ce qu'il comptait faire. Il allait jeter la voiture sur moi !

Soudain, mes yeux croisèrent les siens, et la terreur me submergea. Une lueur démoniaque d'un jaune incandescent brûlait dans son regard.

« Ce n'est pas Fred ! » compris-je, pétrifié d'horreur.

La lueur de ses yeux atteignit une telle intensité que je dus détourner le regard.

Ce n'était pas Fred, mais une sorte de monstre qui avait pris son apparence.

Il rejeta la tête en arrière avec un nouveau hurlement de rage. Les occupants de la voiture avaient ouvert les vitres et appelaient à l'aide.

Je reculai vivement et partis en courant.

Des sirènes de police résonnèrent dans le lointain. Les voisins, alertés par ce remue-ménage, sortaient des maisons.

« Ce n'est pas Fred, ce n'est pas lui ! » tentai-je de me persuader. Je sautai sur mon vélo et détalai à fond de train.

Des milliers de questions se bousculaient dans mon esprit tandis que je fonçais vers le collège. Je revoyais la porte dévastée de notre garage et les vitres pulvérisées de la maison de Fred.

Buzzy m'avait agressé. Fred aussi…

Ce n'était pas eux ! Des monstres avaient pris leur place. Des monstres surgis du miroir ?

Où étaient donc les vrais Buzzy et Fred ? Restaient-ils prisonniers du miroir, piégés dans cet univers froid et ténébreux ?

C'était fou ! Personne ne croirait à une histoire pareille !

Pourtant il y avait des preuves : tous ces dégâts dans les maisons, le fait qu'un garçon de douze ans soulevait une voiture à bout de bras.

Suffiraient-elles à persuader les gens que le vrai Fred et le vrai Buzzy étaient enfermés dans un monde parallèle ?

Je rangeai mon vélo au parking du collège et me rendis en classe.

J'avançai dans les couloirs, indifférent au défilé des élèves qui me croisaient, en réfléchissant intensément.

Je n'avais plus le choix. Il ne me restait qu'une chose à faire : je devais délivrer mon ami et mon chien.

Je devais les faire revenir. Je devais à mon tour pénétrer dans le miroir.

28

Ce soir-là, j'étais incapable de manger. Mon estomac était noué et ma gorge était si serrée que je ne pouvais rien avaler.

Je trouvai une excuse pour monter dans ma chambre.

Sur place, j'allumai toutes les lumières et allai m'installer sur mon lit, les yeux rivés sur le miroir.

Il était normal et ma chambre s'y reflétait parfaitement. Mais je savais qu'il se modifierait bientôt. La tête dans les mains, je me plongeai dans sa contemplation.

Je ne m'étais pas trompé : quelques minutes plus tard, la luminosité du miroir commença à diminuer et un voile brumeux recouvrit sa surface.

« Nous y voilà, Jason », me dis-je, excité et terrifié à la fois.

Je me dressai et m'avançai d'un pas hésitant.

Il me restait un mètre à parcourir quand j'entendis les appels, semblant venir de très loin :

– À l'aide, Jason. Viens m'aider !

– J'arrive ! criai-je sans hésiter.

Mais, à cet instant, mes jambes se mirent à trembler et je vacillai, au bord de l'évanouissement.

– À l'aide, Jason. Dépêche-toi !

Malgré l'écho qui la déformait, je reconnus la voix de Fred, et cela me redonna du courage.

Je me penchai et passai la tête à travers la surface noire. Une rafale de vent glacial me gifla le visage, me faisant frissonner de tout mon corps.

Je balayai les ténèbres d'un regard attentif, cherchant le monstre aux pinces de crabe.

Aucune trace de lui à l'horizon. L'avais-je définitivement détruit en provoquant la bataille ?

Je me mis à crier, les mains en porte-voix :

– Fred ! Fred ?

Mes appels réveillèrent un écho multiple et se perdirent dans le lointain.

Pas de réponse.

Alors, j'enjambai le cadre et pénétrai dans le miroir. Les ténèbres m'absorbèrent et le froid mordant m'arracha un cri.

« Je suis à l'intérieur, me dis-je. Je suis dans le miroir. »

Claquant des dents, je fis un pas, puis un autre.

La brume collait à ma peau et trempait mes vêtements. J'avais les jambes lourdes, comme si je marchais dans de la boue.

– Fred ? Tu m'entends ?

Silence. Un silence si profond que je pouvais entendre le sang battre à mes oreilles.

Je scrutai les ténèbres.

Mais il n'y avait rien à voir dans ce désert de brume.

J'avançai encore.

– Fred ?

Un cri de surprise s'échappa de ma gorge quand le sol se déroba brusquement sous mes pieds.

Je tombais au fond d'un précipice !

Je battis désespérément des bras, cherchant à me raccrocher à quelque chose.

Rien ; que le vide glacial.

Jusqu'où allais-je tomber ainsi ?

J'eus à peine le temps d'y penser que je heurtai une surface dure. Je roulai sur le côté en gémissant de douleur.

Tout autour de moi, je voyais mon image, reflétée par une douzaine de miroirs. Mon visage déformé par la peur m'assaillait de toutes parts.

Je me redressai avec peine, tremblant des pieds à la tête.

Où avais-je atterri ?

Avant même que j'aie pu reprendre mes esprits, un cri retentit dans mon dos, et quelque chose s'abattit sur mes épaules.

29

Je sursautai et pivotai vivement.

– Fred !

Il me décocha un large sourire.

– Tu en as mis, du temps ! remarqua-t-il.

– Fred ! répétai-je en le secouant par les épaules. Je n'y crois pas !

Nous nous mîmes à rire et à danser, soulagés de nous retrouver.

– Où sommes-nous ?

Fred haussa les épaules :

– C'est un labyrinthe de miroirs. Comme dans un palais des glaces, sauf que ce n'est pas amusant.

En effet, des rangées de miroirs s'étendaient à perte de vue.

Je perçus un aboiement aigu : Buzzy accourait vers moi en battant joyeusement de la queue.

– Buzzy, c'est toi ? m'écriai-je en m'agenouillant devant lui.

Je le soulevai, et il se mit à me lécher le visage.

– Comment est-ce arrivé ? demandai-je à Fred. Tu as trouvé une issue ?

Fred secoua tristement la tête :

– Je t'attendais dans ta chambre, et une créature a surgi de ton miroir, et elle m'a attiré à l'intérieur. Ensuite, elle a pris mon apparence et elle est sortie. J'ai essayé de la suivre. Impossible… Je suis bloqué ici !

Il détourna le regard.

Je tentai d'apercevoir ses yeux. Étaient-ils bleus ou jaunes ? Je devais le savoir !

Était-ce Fred… Ou un autre monstre qui tentait de fuir les profondeurs du miroir à son tour ?

30

Il me vint soudain une idée : je serrai le poing et fis mine de frapper Fred au visage.

Il leva aussitôt les bras pour se protéger et recula en titubant.

Pas de doute, c'était bien ce bon vieux Fred !

– N'aie pas peur, mon vieux, c'était, heu... une blague. Allez, suis-moi !

Je pris Buzzy dans mes bras et partis à la recherche d'un passage.

– Il y en a partout ! gémit Fred. Nous sommes encerclés par ces satanés miroirs !

– Il doit bien y avoir une issue, m'écriai-je en tapant rageusement sur une surface en verre.

À ma grande stupéfaction, le miroir pivota sur ses bases.

– J'aurais dû y penser plus tôt ! dit Fred en fronçant les sourcils.

Je poussai le miroir. Derrière, un chemin montait en pente abrupte, lui aussi flanqué de miroirs.

– J'ai fait une longue chute avant d'atterrir ici, dis-je. Peut-être que ce chemin remonte vers ma chambre.

J'enjambai le cadre du miroir et pris pied sur le chemin. Fred me suivit et nous entamâmes la montée. À mesure de notre progression, l'air devenait plus froid. Nous avancions, dérapant sur la surface vitreuse du sol, penchés en avant.

– Je gèle ! déclara Fred d'une voix tremblante. Il fait si froid ici !

La pente du sentier s'accentua encore. Les miroirs étaient à présent recouverts d'une fine couche de givre.

Grelottant de froid, je serrai Buzzy contre moi pour me réchauffer un peu.

Finalement, le chemin déboucha dans un tunnel horizontal, composé de millions de cristaux scintillants. La lumière était si vive que je dus plisser les yeux. Au bout de quelques mètres, le couloir se termina sur un rectangle noir. Notre souffle se condensait en fumée devant nous.

Nous atteignîmes la fin du tunnel… et je vis ma chambre !

– On a réussi ! m'exclamai-je, ravi.

Je fis un pas en avant, et mon front heurta la surface de verre.

– Aïe ! fis-je en massant mon front endolori.

Je pouvais voir mon armoire, mes posters, mon lit. Ma chambre était si proche, et pourtant inaccessible.

Je reposai Buzzy au sol et essayai de pousser le verre. Fred passa ses mains sur cet obstacle transparent à la recherche d'un quelconque mécanisme d'ouverture. En vain.

– Il f… faut sortir… d'ici, bredouilla mon ami en se frottant énergiquement les bras. On gèle !

– La seule solution, c'est de briser la vitre, dis-je. Mais je n'ai rien pour ça.

À l'instant même, je vis quelqu'un pénétrer dans ma chambre. C'était Claudia !

Elle s'arrêta sur le seuil et balaya la pièce du regard. Sans doute me cherchait-elle.

– Par ici ! criai-je. Claudia ! Regarde par ici !

– Claudia ! Aide-nous ! hurla Fred en martelant la vitre à coups de poing.

– Claudia ! Regarde dans le miroir !

– Elle ne nous entend pas ! gémit Fred.

Je tapais si fort sur le verre que mes poings devinrent douloureux.

Claudia s'avança vers mon bureau. Elle prit quelque chose et se dirigea vers la porte.

– Je n'y crois pas ! soufflai-je. Elle profite de mon absence pour me piquer ma console vidéo !

– Reviens ! hurla Fred. Reviens, on gèle ici !

Claudia se retourna et regarda dans la pièce. Nous avait-elle entendus ? Non. Elle sortit de ma chambre.

Je poussai un long soupir de désespoir.

– Qu'est-ce qu'on fait maintenant ? demanda Fred. Comment va-t-on sortir de ce piège ?

– Je n'en sais rien, avouai-je.

Je plongeai les mains dans mes poches… Et, soudain, je sus ce que j'allais faire.

31

Mes doigts venaient de se refermer sur le petit miroir de poche. J'avais complètement oublié que je l'avais sur moi.

Je le montrai à mon ami.

– Cela va nous aider ! affirmai-je

– Comment ça ? demanda Fred, surpris.

Le tenant fermement par le manche, je l'abattis de toutes mes forces sur le miroir.

Le coup n'entailla même pas le verre !

Je frappai de nouveau, encore et encore.

– C'est inutile, Jason, intervint Fred. Tu ne pourras pas le briser.

Je me tournai et pointai le petit miroir vers lui. Brusquement, il y eut deux Fred !

Je recommençai et en fis apparaître un troisième.

– Hé ! Arrête ! protesta mon ami.

Mais, entre-temps, cinq répliques de Fred étaient apparues. Elles touchaient leurs bras, étonnées de se trouver là.

– Allons-y ! Tout le monde pousse ! ordonnai-je, arc-bouté sur la vitre.

Nous poussâmes tous en ahanant.

Le miroir ne bougea pas d'un pouce.

– Il ne céderait pas même si on s'y mettait à cent ! grogna Fred.

Ses doubles haussèrent les épaules et se dissipèrent dans le brouillard.

– Qu'est-ce qu'on fait maintenant ? demanda Fred avec désespoir.

Je baissai les yeux sur le pauvre Buzzy. Il s'était roulé en boule pour mieux supporter le froid et il me regardait d'un air implorant.

Je tournai le miroir de poche et le dirigeai vers la vitre. À ma grande surprise, le verre émit un son cristallin. Bientôt un peu de fumée s'éleva.

Je gardai le miroir en position, et la sonorité gagna en intensité.

Un petit trou apparut sur le verre.

Il augmenta, et devint rapidement assez grand pour nous permettre de passer.

Fred s'y engouffra le premier et tomba lourdement sur le sol de ma chambre.

– Vite, Jason ! me pressa-t-il.

Inutile de me le dire ! J'empoignai vivement Buzzy et le jetai par l'ouverture. Puis je m'y faufilai à mon tour. La brusque différence de température me fit suffoquer.

Je me tournai vers le miroir et vis que le passage se refermait déjà.

– Je dois y aller, Jason, déclara Fred. Mes parents doivent être terriblement inquiets !

Il fonça dans le couloir et je l'entendis descendre l'escalier quatre à quatre.

Buzzy lui emboîta le pas. Je crois que lui aussi voulait s'éloigner du miroir maudit. Je le comprenais.

Mes parents étaient-ils à la maison ? Quelle heure était-il ? J'avais totalement perdu la notion du temps.

J'allais sortir quand quelqu'un poussa la porte de ma chambre.

Je sursautai :

– C'est toi, Claudia ?

Non, ce n'était pas elle.

Je réprimai un cri et demeurai pétrifié... par la vision de ma propre image.

C'était moi... qui pénétrais dans ma chambre.

32

– C'est impossible ! m'écriai-je. Tu n'es pas moi !

Mon double s'arrêta et me contempla longuement. Son visage ne trahissait aucune surprise. Il me toisait avec un sourire narquois.

– Si, je suis toi, Jason, répondit-il doucement. Je vis dehors à présent. Et toi, tu vas vivre dans le miroir.

– Non, protestai-je d'une voix qui manquait de conviction. Jamais ! Je n'y retournerai pas !

Son sourire s'élargit, mais son regard était dur comme de l'acier.

– Et que vas-tu faire ? Me combattre ? Je suis le plus fort, Jason. N'oublie pas cela.

Ses bras se fondirent lentement dans son corps tandis que de gigantesques pinces de crabe poussaient sur ses épaules.

– Ne complique pas les choses, Jason. Retourne dans le miroir. Je ne te laisserai pas rester ici. J'ai pris ton existence et je compte bien la garder.

Comme il avançait vers moi, sa bouche s'agrandit jusqu'à engloutir son visage, et la face monstrueuse aux yeux globuleux apparut à nouveau.

Je reculai en titubant, comme sous l'effet d'une gifle.

– Retourne dans le miroir, gronda-t-il en me menaçant de ses pinces. Allez, dépêche !

Pris de panique, je cherchai désespérément du regard une arme quelconque.

Le petit miroir ! Je l'avais toujours en main !

Oui ! Il pouvait le vaincre et le renvoyer dans son univers.

D'une main tremblante, je levai le miroir et le dirigeai vers la face du monstre.

Il émit un grognement sourd. Soudain, sa pince droite fouetta l'air et fit voler le miroir dans la pièce. Alors, le monstre approcha, prêt à porter le coup fatal.

33

Je poussai un hurlement de terreur quand il referma sa pince sur mon torse et me souleva de terre. Je me débattis avec rage sans parvenir à me dégager.

Il étendit son bras et s'approcha lentement du miroir…

« Je ne le laisserai pas faire, me dis-je malgré la frayeur qui m'envahissait. Je ne le laisserai pas s'emparer de mon existence ! »

La pince du monstre cisaillait mes chairs et me broyait le torse.

Il me leva plus haut…

Avec un cri de rage, je me détendis et le frappai en pleine face.

Mon coup de poing ne lui fit rien. Il l'encaissa sans broncher.

Je lui en assenai un autre dans le nez tandis qu'il atteignait le miroir.

Je le frappais de toutes mes forces, mais mes coups rebondissaient sur sa face informe.

En désespoir de cause, je plongeai les doigts dans les orbites noires et saisis ses yeux globuleux. Les empoignant comme deux balles de tennis, je les arrachai avec un hurlement de bête fauve et les jetai à terre.

Cette fois, le monstre poussa un gémissement de souffrance. Il lâcha prise et me laissa choir sur le sol.

La créature, pliée en deux, se tordait de douleur. La substance visqueuse qui s'écoulait de ses orbites vides se répandait en traînées jaunâtres sur le sol de ma chambre.

Je contournai rapidement le monstre qui titubait en gémissant devant le miroir. Prenant mon élan, je le poussai à deux mains dans le gouffre sombre.

Il y disparut avec un dernier cri de douleur.

– Plus jamais ! hurlai-je. Plus jamais !

Ivre de fureur, je traversai ma chambre et m'emparai de ma lampe de chevet. Elle était en métal et très lourde. J'arrachai le fil d'un geste rageur et retournai devant le miroir.

Alertée par le remue-ménage, ma mère apparut sur le seuil de ma chambre. Elle sursauta en comprenant ce que j'allais faire.

Qu'importe ! Je brandis la lampe et la jetai de toutes mes forces sur la vitre.

Le miroir explosa en une myriade d'éclats de verre qui retombèrent alentour.

Je restai un instant à reprendre mon souffle, mon cœur battant follement dans ma poitrine.

– Jason, pourquoi as-tu fait cela ? demanda ma mère d'une voix blanche.

– C'est terminé, haletai-je. C'est fini, maman.

Claudia fit son apparition derrière elle. Elle poussa un léger sifflement en découvrant le désastre.

– Oh oh, un miroir brisé ! Ça fait sept ans de malheur, Jason, commenta-t-elle.

34

Je ne cherchai même pas à expliquer à mes parents les raisons de mon geste. J'étais certain qu'ils ne me croiraient pas, même si je leur montrais les traces laissées par le monstre sur le sol de ma chambre.

Je m'excusai en leur assurant que cela ne se reproduirait plus jamais. Ils eurent la gentillesse de ne pas me punir. Ma sœur, par contre, ne se lassa pas de se moquer de moi. Cependant, lorsque je l'accusais de me piquer ma console vidéo, elle ne sut quoi répondre.

Bien que tout fût terminé, de nombreuses questions continuaient de me hanter. Qu'était-il advenu des doubles monstrueux de Buzzy et de Fred ? Avaient-ils disparu avec la destruction du miroir ? Je l'espérais de tout mon cœur.

Dans l'immédiat, je m'attelai au nettoyage de ma chambre. L'humeur visqueuse et jaunâtre qui s'était échappée des orbites du monstre était quasiment impossible à enlever. J'eus beau frotter, elle laissa des traces indélébiles sur le tapis.

Après avoir passé l'aspirateur pour ôter les éclats de verre, j'accrochai un grand poster à l'endroit du miroir. Mon père avait descendu le cadre au garage. J'allai m'asseoir sur mon lit, épuisé mais soulagé de connaître la fin de ce cauchemar.

Je posais un regard las sur ma chambre quand un morceau de papier sur mon bureau attira mon attention. Je m'en emparai.

C'était le message d'avertissement que j'avais découvert au pied du miroir, celui qui disait : « Prends garde, si tu l'apportes dans ta maison, c'est la mort que tu laisses entrer. »

– C'est fini, tout ça ! dis-je à haute voix, en le jetant à la corbeille.

Je regardai par la fenêtre. Le soleil s'était levé, annonçant une belle journée. Je me demandai ce que faisait Fred. Il devait être aussi soulagé que moi.

J'allais décrocher le téléphone pour lui proposer un tour en vélo, quand un grincement dans mon dos attira mon attention. Le tiroir de ma vieille armoire, celui qui avait été bloqué, était ouvert sur quelques centimètres.

Je réprimai un cri quand une tête brune en sortit. C'était une tête de serpent, mais de taille humaine.

Une créature glissa prestement sur le sol.

Elle avait le corps d'un serpent et se déplaçait en rampant, mais elle était recouverte d'une épaisse fourrure brune.

Sous le choc, je laissai tomber le téléphone et esquissai un mouvement de recul.

– Bonjour, fit la créature d'une voix sifflante, sa langue serpentine dansant devant son visage. Tu as reçu mon message ?

FIN

Chair de poule®

1. La malédiction de la momie
2. La nuit des pantins
3. Dangereuses photos
4. Prisonniers du miroir
6. La maison des morts
7. Baignade interdite
8. Le fantôme de la plage
10. La colo de la peur
14. Le pantin maléfique
16. Le fantôme d'à côté
19. Leçon de piano
et pièges mortels
21. Terreur sous l'évier
22. La colère de la momie
23. Le retour du masque hanté
24. L'horloge maudit
25. Le parc de l'horreur
26. La fille qui criait au monstre
28. La rue maudite
29. Le fantôme décapité
30. Alerte aux chiens
32. Les fantômes de la colo
36. Jeux de monstres
38. Des appels monstrueux
45. Danger, chat méchant !
46. La bête de la cave
47. L'école hantée
49. Terrible internat
50. La peau du loup-garou
51. Le jumeau diabolique
52. Un film d'horreur
53. L'attaque des spectres
54. La fête infernale
55. L'invasion
des extraterrestres, I
56. L'invasion
des extraterrestres, II
57. Le manoir de la terreur
58. Cauchemars en série
59. Ne réveillez pas la momie !
60. Un loup-garou dans la maison
61. La bague maléfique
62. Retour au parc de l'Horreur
63. Concentré de cerveau
64. Sous l'œil de l'écorcheur
66. Mort de peur
67. La voiture hantée
68. La fièvre de la pleine lune
69. Kidnappés dans l'espace !
70. L'attaque aux œufs de Mars
71. Frissons en eau trouble
72. Les vacances de l'angoisse
73. La nuit des disparitions
74. Le fantôme du miroir

Imprimé en Espagne
par Novoprint